JN139059

角田古錐句集

# 北の変奏曲

東奥日報社

# 目次

# 破船の夢

七二句

カラカラと転がる缶も春である
ともだちになろう小銭が少しある
砂山の破船の夢はエンドレス

影捨てに来たのに海はもう春で

菜種梅雨ドロンゲームの長い道

振り向けば慟哭　ふり向けば哄笑

日に焼けた畳と語る終戦記
右脳から僕を残して汽車が発つ
読書百篇マザーグースを歌えない

荒涼と笑う独りのカプチーノ

紙の月ばかり見ている北の窓

千羽目の鶴はじまりとなる予感

剥きたての桃と聴いてるイェスタディ
夕闇に朱の唇という凶器
風ザワワ砦はやがて砂となる

白線の内側にあるゴビ砂漠
三叉路の先にそれぞれ闇がある
小石プツン正確に発つ霊柩車

震源地辿れば父の墓へ着く
これぽっちの骨が人生なのかなぁ
海へ降る雪叫喚の果てだろう

地吹雪の底でゴッホの耳拾う

珈琲はブラック朝の美辞麗句

綻びを縫えばいびつな月が出る

病窓の幅で見ている花吹雪
また神が生まれる春のホスピスで
神様も片手は少し汚れてる

雨宿りみんな優しい眼をしてる
海を見て海だと妻が言っている
平行線だからこの手を放せない

蟻走る老いの支度は終えたのか
帽子屋にわたしの首が置いてある
他人にはなれぬ形の冬帽子

犬は犬の影引きずって夕焼ける

円周率をまだ越えられぬ老眼鏡

魂をなぞればいつも冬の海

みんな生きてる物凄い音たてて
泥の靴地球は丸くなんかない
それぞれの時差を抱えてとろろ汁

ジーンズの女が跨ぐローランサン

落ち椿おんなの赤が濡れている

嫋やかな告白ジョッキ三杯目

花咲いて散ってガラスの靴残る

笑いあう首のあたりのすきま風

菜の花の夕日に亡母の咳一つ

人生って長いね膝の出たズボン

予定表どおりに割れるシャボン玉

寅さんのトランクにある福音書

しみじみとポルノ映画で聴くショパン
八月の祀り背中は濡れたまま
牛丼は負けた戦の味がする

砂嵐つづく真夏のヒトの羽化

度忘れの耳にうるさい蝉しぐれ

真夏日の貨車はさびしい一行詩

コトンコトンと透き通りゆく終電車
日溜りにトンボと僕と残響と
足裏の賞味期限をくらべ合う

秋の床屋へブリキの顔を置いてくる

語り部の影は夕焼け色のまま

傷痕がピカソの青に染められる

秋風の寒さ喫煙所の文化

百均の眼鏡で覗く永田町

固ゆでの卵ボロボロ恐山

たましいの半分だけは多色刷り
ほほえみを覗いてみれば凍結湖
マジシャンの箱に残っている吹雪

炬燵の上の蜜柑一つが絶縁体

天皇はお元気かなとシジミ汁

十二月八日　伏字の本だった

針穴をいくつ抜けても森である

夜深々小瓶の底のファンファーレ

性別が男で石を握ってる

# 八月の自転車

七二句

指先の汚れに気付くご焼香

名残り雪通過儀礼はあと一つ

春うらら電波時計は敵である

「あれ」「それ」で足りて枯れ野の賑やかさ

仮の世や前後左右の車間距離

すれ違う微罪重罪街は雑踏

前略のまま五十年海苔茶漬け
八月の自転車に積む火の記憶
流木がポカンと浮かぶ終戦忌

矢弾飛ぶ下に一つの前頭葉

バチカンの広場で拾う迷子札

約束は何だったかな夜爪切る

月の町ゆらりゆらりと過去がゆく
雪しんしん静かに童話続いてる
独りじゃないみんな優しいから寒い

それぞれの夕陽色してドアチェーン

草書体書けぬ男の肩に雪

ビバ人生！熱いご飯に生卵

日に一枚詩集を剥いで飯を食う
ダリの絵の中にわたしの顔がある
人形のかたちで暮れてゆく　鳴咽

ニンゲンで居たくて夜だかの星仰ぐ

露っぽい女と昆虫記を覗く

愛という化石で猫は爪を砥ぐ

ボードレールの抜け道にいた雪女
バラ色の封書で届く他人の死
斎場のベンチに座るがらんどう

フォルテシモの経にあちこち嘘がある
図書館の椅子に並んだロスタイム
一本の縄が擬態のまま眠る

右の手はホントは他人だと思う
図書館の本棚もののけの匂い
お隣りも障子破れている平和

通勤電車で金太郎飴になってゆく

ポケットに飴一つある人嫌い

花の下修司が苦笑して過ぎる

年越して去年と同じ犬と逢う

カバもキリンも四月の空を飛んでいる

風呂敷に包んだままの惜春譜

納豆とモーツァルトを掻き混ぜる

ひとり食う牛丼　六月のカッコウ

生きるってやっぱり握り飯だなァ

割り箸がぱりんと割れる倦怠感
五合目でピノキオの鼻夕暮れる
ひび割れた壁に貼られた修司の眼

週刊誌ひらけば人体解剖図

ネタ割れの手品続ける秋日和

バーゲンの店先で逢うハムレット

秋渺々また忘れてるパスワード
寝違えた首粛々と街をゆく
不意に来て喋り続ける喪の葉書

ひっそりと舌が集まる通夜の席
桜散る泣かない喪主の薄ら闇
バーボンのグラスを揺する死者生者

喪が明けてまた立方体の朝となる
散骨の海の広さへ深呼吸
ちちははが挟まっている非常口

夕焼けへ叩きつづけるブリキの太鼓

ニンゲンの海を漂う蟹工船

形而上学的真理　芋一個

遠花火だけしか知らぬ御名御璽

夕暮れに買う真っさらな時刻表

女ってしょうがないなと薔薇を買う

別れ道そこから先の乱数表

人生をどうもどうもで生きている

例えばとわたくしを指す裁判長

無一物と書いて今夜は早く寝る

土掘ればごろりと転げ出るゴッホ

自然薯のような女とレレレのレ

愛という虚数焼き芋真っ黒け
死後のこと話そうおーい生ビール
ドの音が少し狂っている余生

# ゼブラゾーン

七二句

居酒屋で春のうららになってゆく

マクベスの樹海が動く三次会

コンビニの裏でぽつんと人が死ぬ

風になるふるさと色のラムネ瓶
葬儀屋が春のあいさつして通る
裏窓の残響音となる昭和

ラブソングだけが届かぬ射程距離
白亜紀の女と続くグーチョキパー
すりこぎは凶器じゃないと言い聞かす

ヒト科ヒト紆余曲折の鼻濁音

八月のもしもを抱いて吸う煙草

ひらひらとスルメ歩いている雑踏

いつ何処で死ぬのか世界地図を見る

暮れてゆく童話の隅でイワシ焼く

夕暮れの街ぞろぞろぞろと脱走兵

煮凝りを残したままの自己破産

何頭の象を食つたか数えてる

秋近しモネの睡蓮描いてみる

行き止まりなのにテクテクテクテクテクテク
歩いても歩いてもなおムンクの絵
長寿万歳むしり続ける古いパン

掛け声をかければチャンと起きられる

北風にさらす阿修羅の性感帯

訳ありの林檎一ミリだけの誤差

生き甲斐は雪の隙間で食う饂飩

寒い寒いと転がってゆくお葬式

梵鐘を打ち終わった手の虚脱感

チェーホフと歩く駅前シャッター街
砂時計の砂買いにゆく特売日
トイレから出て一瞬のトルストイ

蕎麦つるり詫びたい人はみな芒

蜃気楼崩れてからの人嫌い

狂ってはいません虹が好きなだけ

居酒屋を出れば波打ち際である
お互いに歳をとったねハイボール
九条が轢かれていますゼブラゾーン

解凍をすれば淫らな第九条

掻き分ける心療内科の深い霧

鬱という字はカナで書くおぼろ月

図書館を出れば寂しい森である

老眼鏡拭いてきらきらヘイ・ジュード

昼寝する枕の下のマタイ伝

生きている海鞘裂いて食う盂蘭盆会

木の橋に引っ掛かってる女帯

ハ長調の葬列　海は荒れている

晩飯は何にしようか墓洗う

猛暑日の言葉はみんな三角形

真っ直ぐに立てばどこかが曲がってる

土砂降りを走る　生きてる生きている

路地裏に秋が一枚干してある

アルバムに母の九月のほつれ髪

キリストもユダも右向くバスストップ

マグロ解体ひとを信じている不安

棘のないバラを無罪と言えるのか

割り切れぬ話ゴキリと首が鳴る

イマジンを小声で歌う被告席

斎場でもらう明日の時刻表

裸電球ぶらり昭和の子に還る
焦げ付いた鍋を昭和に置いてきた
過去へ過去へと駅裏の放浪記

テニヲハが溢れてみんな走りだす
まあ明日があるさプシュッと缶ビール
仏壇の裏をしばらく見ていない

老年の靴すり減らす菜根譚

殺し合う正義へ鳩の糞積もる

擦り剥いた膝を大事に取っておく

真っ直ぐな胡瓜はみんな嘘っぽい
サバ缶を開けて無限の野を覗く
日が暮れて迷子だったんだと気付く

タンポポの綿毛が落ちる象の踏み跡

真夏日へ二足歩行の影絶叫

悲劇かな喜劇かなぁと蛍追う

# 寒立馬

七二句

メビウスの輪を転がって貝になる
まだ若いわかいと冬の木を撫でる
凍原の底にわたしの臍がある

満腹になって寂しい顔でいる

着メロが歩くだあれも居ない街

二次元の隅っこで飲むぬるい酒

被告席に妻を忘れたまま帰る
リセットキー押してどんどん深い霧
故郷でも異郷でもない夜の街

喪服着てさてそれからの深呼吸

蛍舞う闇に林立する墓標

再生紙お前が悪い訳じゃない

凶器かも知れぬグラスに写る月
乱反射強くて読めぬ余命表
胸にトゲ刺さったままのあっけらかん

シンデレラの靴が落ちてる東慶寺
ロボットが明日の歌をうたってる
左手のグラスで象が溺れてる

カタカナ語氾濫　寒立馬の孤独
一筆箋の滲みが喋るノンフィクション
明日はあす今日はブブゼラ吹き鳴らす

驟雨止み鎮魂歌めく街灯り
さらさらと芒になってゆく別れ
生きてゆくページに朝のきのこ汁

湯豆腐の中にも潜む仮想敵
言い訳を貯めてただいま冬眠中
海の蒼ヒトは象形文字である

も一つの宇宙を抱いてチンドン屋

分類をすればわたしは戯画である

青春はパラパラ漫面だったなあ

燃え尽きるまでの点滅百日紅
ふるさとはもう無いらしい深夜バス
追伸にポツリポツリと雨の音

ブランコにぽつんとひとり秋が居る
完璧な夜を捜して眠れない
笑わないレイ・チャールズのサングラス

マネキンがにやりと笑う均等法

切り札を抱いてだんだん寒くなる

電柱を辿る殺意の消えるまで

ちちはの記憶微かにイカを焼く

アレグロの街過労死の音続く

「待っております」廃駅の伝言板

こま切れの呟き積もる部屋の隅
投げられて沈む小石の透明度
指鉄砲でわが影を打つ無聊の夜

通過する列車が乗せてゆく夕陽

ピンポイントの誤差のところに僕がいる

シャボン玉ふわりと春の霊柩車

まっすぐに歩くしかない禁漁区

もう誰も居ない真冬の葬送歌

冬帽子からぞろぞろと残響音

活断層の真上で飯を炊いている
合唱をくり返してる孤独癖
乾杯が続くこの世の無言劇

絶叫をするには人が多すぎる

ヤアヤアと別れて転居先不明

親ばなれ子ばなれ乾燥注意報

継ぎはぎの団欒鯛の骨残る

生き方に嘘があったか五十肩

懺悔して役に立たない鬼でいる

スタスタと僕を追い越す足の裏
廃船をなぞると僕が出来上がる
指きりの小指　移転先不明

悪いのはみんなお前だハイネの詩
その朝のカフカの虫と話し込む
右折禁止ばかりで遠くなる昭和

何だかなぁ黄砂の街の平和主義
邪鬼を踏むあんたが悪い多聞天
ワイドショーずらりと並ぶ馬の耳

美術館に飾られている忘れ物

ぎしぎしとピカソの椅子も古くなる

象の背に雪降り積もる　以下余白

# みちしるべ

七二句

饒舌な言葉はいらぬビーバップ

デジタルの森で動けぬ象の尻

生も死も風で吹き飛ぶ写楽の絵

影踏みの途中で道に迷ってる
消臭剤プシュプシュ僕が消えてゆく
闇とろり桃の匂いとすれ違う

相聞歌二行目からのインク切れ
ゆらゆらと震度2ほどの幸福度
自画像をちり紙交換車に乗せる

瓦礫踏み分け少年期と出逢う

瓦礫から拾う子ぎつねの手袋

虚も実も春だ春だと走り出す

さらさらと背中に積もるコント集

飽食と飢餓の隙間を飛ぶカラス

身内だと言い張るモジリアニの女

生きるため時々齧るポリバケツ

春うらら錆びて転がるドラム缶

みんな散りぢり尻尾一つが暮れ残る

そうかなあそうなのかなあみちしるべ

友の許へパセリの青を噛みしめる

コーラ飲む不意に昭和がやってくる

望郷の顔を見に行く動物園

吊革で今日も揺れてる生前葬

ぽっかりとこの世が浮かぶ月見蕎麦

午前二時アズナブールと不時着中
シャガールの馬何人で食べようか
八月のホットパンツと般若経

連結器ゴトリ八月十五日

八月の闇で聴いてるビリー・ヴォーン

戦後史を見る百均の老眼鏡

銃担ぐおもちゃの兵の迷子札

秋たわわヒトの形で吊られる鴉

祈り終えたか十月のカネタタキ

遺失物係へ届く芋とすいとん

雪びょうびょうみな直角にすれ違う

居心地の良さそうな壺買ってくる

雑踏のどこもかしこもパスワード
賑やかな不協和音の中に棲む
ビルの街きっと金魚が埋めてある

のらくろの漫画が始発駅だった
エッシャーの迷路に空が描いてない
ゲルニカの中に棲んでる敵味方

平成も寒いですねとムンク来る
時差ボケの織田信長と話し込む
朝露の記憶キラリと京マチ子

まだ動く昭和の木馬ドッコイショ
バイブルの二ページ目から血の匂い
誕生日ですねと猫がやってくる

吊るされた干鱈がヤアと手を挙げる

ガシガシと鉛筆削る物忘れ

エンピツが二本あるから揉めている

ペン描きの冬木に凝視されている

居酒屋にぞろりと坐る相似形

変身をするぞするぞと飯を食う

落ち武者の顔で味わう海苔茶漬け
すみません釈迦とおんなじ薬指
夕凪は誰かが去ってゆくかたち

雲形定規で測る詩人の臍の位置

春キャベツざくりと割って晴れとする

風ぐるまコトリ名簿に線を引く

ト書きには書いてなかった突然死
コントかも知れぬと思うあいつの葬
葬列に紛れ込んでる句読点

遊びではありません野辺送りです
温かい骨をポトンと掌に受ける
こんなにも捨てる物あるお葬式

気に入った戒名捜す蚤の市

人は死ぬだからおでんをつついてる

少しずつ闇を背負って灯を囲む

折鶴を膝に微熱が続いてる

野の端で風になろうとする芒

何も無い掌に載せてみる秋の天

# あとがき

早いもので川柳というものに首を突っ込んでから二十年になります。六十二歳で老後の楽しみに川柳でも始めようかと北野岸柳氏の主宰する市民教室に顔を出したのがきっかけでした。それまで江戸川柳の柳多留を拾い読みした程度の知識しかなかったのですが、実際に川柳を作句したり鑑賞したりするようになるとその幅は世相川柳から詩性川柳まで、あるいは伝統系から革新系まで等々自己規定できない特異な文芸であることを知ったのでした。わが師岸柳氏からは常々「手垢のついた古い表現は使うな」と言われ、それなりの努力はしている積りですが老齢期の萎びかけた脳細胞にとっては結構プレッシャーのかかる作業なのであります。

二〇〇五年から三年続けて川柳Z賞に応募しましたが、いずれも入選どまりでした。この賞は二〇〇七年創始者杉野草兵氏の逝去をもって幕を閉じたのでしたが、その最後のZ賞で、選者の一人である尾藤三柳氏が、私の句を秀逸一席に抜いてくれ、その時の選評に「現代作品特有の構えが無く、句のユーモアがいい」とありました。構えがないと良い意味で捉えていただいたのですが、その時の応募句三十句を一定の傾向で作るなどの芸当は出来ず取りあえず数だけ揃えて出した結果だったので私は秘かに苦笑したのでした。

信条という程でもないのですが、日常を通じて私は常に川柳を楽しもうと思っています。伝統句も革新の句もそれぞれの良さがある訳で、また難解な句もそれを読み解く楽しさがあり、句会や柳誌で色々な川柳に出会うことは、今では大いなる私の楽しみとなっており、つたない句作りを続けております。この度はからずも東奥日報社の企画により句集を出すことになりました。私としては甚だ心もとない気持ちですが、もしもこの句集が皆さんの心を少しでも癒すことが出来るとすれば大変うれしいことだと思っています。

平成二十七年一月

角田古錐

## 著者略歴

角田古錐（かくた　こすい）

一九三三年一月一日青森市生まれ。本名角田稔。中央大学法学部卒。一九九五年川柳を始める。

二〇〇五～二〇〇七年川柳Z賞入選。二〇〇六年川柳句集「無伴奏組曲」。

二〇一二年県民文化祭文芸コンクール川柳準賞受賞。

二〇一四年青森県川柳社年度賞大賞受賞。現在おかじょうき川柳社副代表。

住所　〒〇三〇―〇八五二

　青森市大野前田七四―一〇二

電話（ＦＡＸ）　〇一七―七三九―二五六九

東奥文芸叢書　川柳14

角田古錐句集　北の変奏曲

発　行　二〇一五（平成二十七）年二月十日
著　者　角田古錐
発行者　塩越隆雄
発行所　株式会社　東奥日報社
〒030-0180　青森市第二問屋町3丁目1番89号
電　話　017―739―1539（出版部）
印刷所　東奥印刷株式会社

Printed in Japan　©東奥日報2015　許可なく転載・複製を禁じます。定価はカバーに表示してあります。乱丁・落丁本はお取り替え致します。

ISBN－978－4－88561－182－7　C0092　¥1200E

東奥日報創刊125周年記念企画

## 東奥文芸叢書　川柳

高田寄生木　千島　鉄男
岡本かくら　岩崎眞里子
渋谷　伯龍　髙瀬　霜石
野沢　省悟　工藤　青夏
む　さ　し　千田　和美
斉藤　劦　須郷　井蛙
佐藤　古拙　角田　古錐
笹田かなえ　福井　陽雪
滋野　さち　鳴海　賢治
斎藤あまね　内山　孤遊

（第一次配本20名、既刊は太字）

### 東奥文芸叢書刊行にあたって

青森県の短詩型文芸界は寺山修司、増田手古奈、成田千空をはじめ日本文学界をリードする数多くの優れた文人を輩出してきた。その流れを汲んで現代においても俳句の加藤憲曠、短歌の梅内美華子、福井緑、川柳の高田寄生木など全国レベルの作家が活躍し、その後を追うように、新進気鋭の作家が次々と現れている。

1888年（明治21年）に創刊した東奥日報社が125年の歴史の中で醸成してきた文化の土壌は、「サンデー東奥」（1929年刊）、「月刊東奥」（1939年刊）への投稿、寄稿、連載、続いて戦後まもなく開始した短歌・俳句・川柳の大会開催や「東奥歌壇」、「東奥俳壇」、「東奥柳壇」などを通じて、本州最北端という独特の風土を色濃くまとった個性豊かな文化を花開かせてきた。

二十一世紀に入り、社会情勢は大きく変貌した。景気低迷が長期化し、核家族化、高齢化がすすみ、さらには未曾有の災害を体験し、その復興も遅々として進まない状況にある。このように厳しい時代にあってこそ、人々が笑顔と元気を取り戻し、地域が再び蘇るためには「文化」の力が大きく寄与することは間違いない。

東奥日報社は、このたび創刊125周年事業として、青森県短詩型文芸の優れた作品を県内外に紹介し、文化遺産として後世に伝えるために、「東奥文芸叢書（短歌、俳句、川柳各30冊・全90冊）」を刊行することにした。「文化」の力は地域を豊かにし、世界へ通ずる。本県文芸のいっそうの興隆を願ってやまない。

平成二十六年一月

東奥日報社代表取締役社長　塩越　隆雄